KB159960

너에게로 가는 길 한 발자국

수우당 시인선 013
너에게로 가는 길 한 발자국

2024년 2월 19일 초판 인쇄

지은이 | 김인혁
펴낸이 | 서정모
펴낸곳 | 도서출판 수우당

주 소 | 51516 창원시 성산구 외동반림로 126번길 50
전 화 | 055-263-7365
팩 스 | 055-283-8365
이메일 | dlp1482@hanmail.net
출판등록 | 제567-2018-7호(2018.2.12)

ISBN 979-11-91906-27-1-03810

값 12,000원

수우당 시인선 013

너에게로 가는 길 한 발자국

김인혁 시집

수우당

김 인 혁

- 마산고 1971년 2월 졸업. 부산대학교, 대학원 졸업(행정학 학사, 정치학 석사). 동아대 대학원(정치학 박사).
- 2002 FIFA 월드컵 개최 1주년 기념수필집 수필 수록(월드컵대회 조직위원회, 2003). 낙동강유역환경청 주최 문학작품 공모전 시 부문 은상 수상(2005)
- 2017년 한국작가 신인상.
- 경남문인협회, 창원문인협회, 경남시인협회 회원, 민들레문학동인
- 창원문성대학교 사회복지행정학과 교수(전). 경남매니페스토실천본부 상임대표 역임. 창원시 사회복지사협회 사회복지연구소장 역임

| 시인의 말 |

우린 반어反語의 세계에 살고 있는지 모른다. 꿈과 현실, 슬픔과 기쁨. 물에 비친 나를 보며 나를 알아보듯, 대자적對自的 눈길로.

아픈 현실에서 꿈을 꾸고 슬픈 기억을 기쁨이 덮어주길 고대한다. 희망을 향해.

너에게로 가는 길. 너는 내 속의 나인지도. 어쩌면 원초적 노스텔지어이거나 초월적 존재자인지도 모른다. 너와 나 서로 다른 발자국을 찍지만, 서로 바라보며 쌍조雙照한다. 궁극적으로 합일合一적 존재이리라는 걸 예감하면서.

낙엽 한 잎에도 울음소리가 들리고, 마음 두드리는 저 목탁소리… 삶이 마냥 환희일 수만은 없다. 한 숟가락의 콩자반에도 세월이 묻어나는 인생이다.

산속으로 길이 숨었다. 그 산길을 가자. 저 깊은 마음속에서 흘러나온 굵은 땀방울. 땀에 진정 젖을 줄 아는 산은 길을 내어줄 거다. 슬픔 없이 기쁨은 찾아오지 않는다. 어둠 없는 새벽이 없는 것처럼.

2024년 2월 우수雨水,
봄이 오는 소리를 들으며 반림동에서

|차 례|

시인의 말

제1부 ── 낙엽 한 잎

제2부 ── 메이플콘을 안주 삼아

제**3**부 —— 산문을 나서며

제4부 ── 어떤 하루

| 해설 |

제 1 부

낙엽 한 잎

나목裸木, 겨울에 서다

겨울마다 그렇게 서 있었다

연두 잎을 피워내고
악마처럼 할퀴던 태풍에도 끄떡없이 성성했었다
늦가을 찬 바람에 노랗다 못해
붉은 피빛으로 처연히 땅에 떨어져 누우며
살아오면서 무거웠던 짐 내려놓았다
시간이 업보인가 검댕 묻어나오듯 꺼끗한 자기 몸 떼어
내며
한 잎 남김없이 비울 땐
한 떨기 남기지 않고 미련 없이 버렸구나
무엇이 그렇게도 무겁던가
앙상하고 검은 벌거숭이 몸뚱이
너도 동안거 중이더냐

그래, 길이 보이느냐?

나목裸木 1

나무, 벌거숭이로 비탈에 섰다
여름, 싯퍼렇게 자신만만했던 자만도 내려놓고
황혼에 익은 세월, 울긋불긋 마지막 혼도
불태우다 그마저 다 떨구어 버렸다

한 잎도 몸에 걸치지 않고
저렇게 비워내고 설 수 있을까
세월이 가면 그리될까

걸리적거리던 것 모두 털어 내고
앙상한 가지로 팔 벌려 오로지 기도할 뿐
지난날의 삶은 무엇이었나
눈감고 명상에 빠져
삼층석탑 지붕돌 옥개석의 부처님께 묻고 있다

절 마당 비탈에 선 오래된 감나무 한 그루
겨울 눈바람 맞으며 시커멓게 빈 몸뚱아리로
이렇게 서 있는 뜻이 무엇이냐고

오는 봄, 다음 생엔 새싹으로
다시 태어날 것이라는 것을
나목裸木, 속 깊이 내일을 기다린다

나목裸木 2

잎사귀 다 내어주고 선 가지마다
차가운 바람 온몸을 흔들어도 흔들림 없이
홀딱 벗어버린 나무들 비탈에 섰다
망상이 그득 피어올랐던 잎사귀들을
미련 없이 다 떨구어내고
검게 익은 피부 얼금얼금 벌거벗은 채
묵묵히
백장선원 동안거 스님 따라 그도 묵언 수행 중

낙엽 한 닢

낙엽 한 닢에도 주름진 세월이 새겨진다
손바닥 실금 주름 잡히듯
세월에 지쳐 붉으레한 얼굴로
반야전 툇마루에 드러누운 느티나뭇잎 한 장
검버섯도 피고 상처딱지로 구멍도 난
꼭 늙은 아버지의 얼굴

잎맥마다 주름살 깊게 패여 이제 내 몫은 다했느니
자신을 내려놓기까지 시달린 영혼이
그렇게 울긋불긋 상처로 남았을까

흙바닥에 제 몸 내던질 땐
고달프고 서러워서 미련 버렸겠지
검붉은 네 삶의 기억을 내 가슴에서 꺼내어
봄을 함께 맞이하자
잊지 않고 내년엔 꼭

낙엽을 밟으며

백장암 위 호젓한 산길이 하나 있다
하우마을로 가는 고요한 길
오로지 수행자를 위한 길처럼
번뇌로 어지러운 발길 내딛지만
마음으로 걸어가며 청정해지는 산길

자신이 아직 여기 있음을 알리듯
지난 세월 안고 떨어져 누운 떡갈나뭇잎들
제석봉에서 날아온 아침 햇빛에 반짝인다

지난 기억을 품고 누운 저
세월의 몸들을 밟고 지나야 한다
얼마나 두렵고 잔인한가
내가 그렇게 땅에 아무렇게나 나뒹굴어져
버림받은 나뭇잎 같아서
나의 몸을 밟고 지나가야 하다니

밟히며 바삭거리는 소리는

나의 과거가 고통스럽게 짓밟히는 비명
나의 심장이
나의 머리가
나의 영혼이 아프다

낙엽을 쓸며

너무나 즐비했던 낭만들이
땅에 떨어져 나뒹구는 계절, 너도 별수 없구나
한없이 기고만장하던 한여름의 등등함도
시월의 마지막 밤을 품던 잎사귀들도
지리산자락 겨울바람 몰아치니
땅으로 납죽납죽 내려앉아 백팔배 하듯 엎드렸다

푸르렀던 낭만들 그 찬란했던 꿈
어디로 날아갔나 있었어도 없는 것
자유의 부스러기들아 바람이야 그건
보이지도 않고 그물에 걸리지도 않지
발아래 깔린 자유의 그림자

가진다고 자유롭지 아니한가?
뭐든 다 버리면 자유로울까?
자유롭지 않을 자 누가 있을까
소유와 무소유
매이지 않는 바람이 자유라는 걸 누군들 모를까만

자유와 속박, 소유와 무소유 그 둘이
기어이 같은 것임을

떨어져 바람과 함께 하는 자유들을
쓸어내며 또 한 번 더 쓸어내며

너에게로 간다

네게 다가서는
한 발자국 한 발자국
세상을 얻으러 가는 발걸음이다
당신에게로 가는 길
당신에게 가면 세상이 그 안에 있을 것 같아
조금씩 걸어가는 한 발자국

내게로 오라 한 발자국씩이라도
세상이 그 발자국과 함께 걷는다
따스한 세상을 꿈꾸는 내게
그 세계를 열어 보여다오
조금씩 한 발자국이라도 발걸음 내디딘다면
내 심장이 살아날 텐데
한 발자국 조그만 발걸음이 세상을 바꿀텐데

가슴이 고픈 이여
비록 작은 걸음일지라도
한 걸음씩 내딛고 걸어가라

욕심내지 않아도 좋다
한 걸음 내딛는 용기는 백 걸음 천 걸음을 품은 가슴
따뜻한 세상을 꿈꾸는 뜨거운 피가
너 안에 가득 흘러넘칠 것이다

너에게로 가는 길 한 발자국

꽃도 질 때를 알면

살포시 고개 숙이더라
꽃도 질 때를 알면
그가 꼿꼿이 꽃 피웠던 건
그 스스로의 힘만으로
그랬던 것이 아니었음을

화사하게 몸 던지더라
꽃도 질 때를 알면
그가 아릿다이 꽃 피웠던 건
그 스스로의 아름다움만으로
그랬던 것이 아니었음을

새털처럼 마음 비우더라
꽃도 질 때를 알면
그가 뜨겁게 꽃 피웠던 건
그 스스로의 의지만으로
그랬던 것이 아니었음을

바람처럼 흙 위를 구르더라
그가 영혼을 품고 꽃 피웠던 건
그 스스로의 기도만으로
그랬던 것이 아니었음을
꽃도 질 때를 알면

그렇군요

생각이 난다 거기에 무언가 남겨두었단 생각이
그리움인가 저린 가슴인가
지난 겨울 지리산 눈바람에 시렸던 마음까지도
그렇군요

가슴에 파고든 그 한마디
뜬구름 눈앞에 피어오른 꿈도
눈 한번 감았다 뜬 사이 사라졌다네
내 몸에 각인된 숨결까지도

등어리에 엉겨붙은 회오悔悟
심장 박동만큼이나 쿵쿵 울리고
걸음걸음마다 참회서약서에 도장 찍듯
내 마음에 스민 자욱들 모두 절절함

천왕봉 건너 산중에 남겨 둔 가슴과 발걸음
대웅전 차가운 마룻장에 남긴 내 엉덩이
거기서 진달래 꽃잔치 벌일 때 모두

절절함으로 발갛게 피어오르리라

그렇군요

지금 이 자리

지금 앉은 자리 바로 여기가
환한 꽃자리일세
빛나는 곳 되기를

어제 거기도
내일 저기도
지금 이 자리만한 명당은 없다네
내가 앉은 이 자리가 환한 꽃자리

가슴 속으로 걸어간다는 것은

글자들이 누워 있다가 벌떡 일어나
누군가의 가슴으로 걸어갈 때
너는 비로소 꽃이 된다

길게 늘어선 글자들의 행진
모음과 자음으로 분해되고
다시 또 조합되고 몸부림치며 행간만 남긴 채
밤이 오면 어둠에 묻혀버릴 활자들일지라도
누군가가 널 내려다보며 심장이 요동친다면

그때 뻘떡 일어나
그의 가슴을 향해 달려간다면
아니 그가 헐레벌떡 네게로 달려온다면
너의 마음은
붉은 피가 되어 그의 몸속을 달릴 텐데

간이역

외로우니까 사람이지

저녁노을이 창가에 미끄러져 내릴 때
가슴 속에 어둠이 깃드는 건
밤이 캄캄함으로 나를 덮쳐버리기 때문일까
저녁 어스름 속의 고요함은
인간을 시험하려는 사자使者의 발길 같아

저녁이 내게로 오는 게 두렵다

태양이 찬란할수록
더욱 해그림자에 파먹히는 내 가슴팍
인간의 하루가 뭔지도 모르는 철없는 얼굴
하늘로 날아올라 파르라니 기우뚱거리는 초생달
못내 서러워 집 떠난 여인네 입술처럼
가냘픈 눈썹 씰룩이듯 샛노란 모습으로
창가에 스르륵 뿌려놓는 초저녁의 어스름

그때
외로워해 보지 않은 사람은 사람이 아니지
그리워서 외로워지는 건지
외로워서 그리워하는 건지
창가에 어둠이 번질 때 알 듯 모를 듯하다가
캄캄한 밤이 오고서야 부질없음에 나를 놓아버린다
외로워하는 사람만이 창가에 불청객이 왜 찾아오는지
알지

삶은
저세상으로 가는 중에 잠시 머물러 외로워하는 간이역
외로우니까 그리워하는 거지
그리워하니까 사람이지

길 없는 길

누워 있다 길이
만나고자 한 그것은
어제도 내일도 오지 않았어
아마 영원히 오지 않을지도

땅끝까지 수만 갈래로 누워
길은 미래를 꿈꾼다
이승에서 꼭 만나야 할 것 같은
필연의 해후를

꿈꾸는 길은 고독이지
길녘 거친 바람 숭숭거리며
삶은 겁怯으로 퇴적되고
과거도 미래도 현재로만 버무려지는
차갑고 외로운 곳에서
길 위의 영혼은 바람처럼 비틀거리며
그래도 희망을 꿈꾸고
낙천樂天한다

본래는 없는 길이었기에
가슴으로 걷는 자에게만
길로 다가올 뿐

온다는 것 간다는 것, 기억

오랜 기다림 끝에 오더니 이렇게 빨리 가다니
세상살이 다 그런 거지
숨 쉬는 것 모두가 다 그렇지

마음으로 사는 건 더욱 그래 언제나 오나
언제 올까 긴긴 겨울 내내, 봄이
꽃 그림자 지기도 전에 가버리듯

잎사귀들의 아우성도 물들어 울긋불긋
그리움으로 부풀어 오른 가슴도
모든 것 내어준 허허롭고 가난한 가슴도
가을이 오면 익어가며 기다린다
숨 쉰다는 건 가을빛 같은 거라고

노랗게 붉게 익어가는 거라고
그렇게 숨 쉬는 게 품격이 되는 거라고
기다리며 세월을 인내하고
기다리며 살아가는 거라고

눈 한번 감은 사이에 이미
땅으로 내려와 누운 낙엽에 새겨진 들숨과 날숨
어제 왔는데 내일 가버리는 가을
숨 쉬는 모두여

가버리고 나서야
그제사 알게 되는 생명살이
가슴에 새기며 숨 들이마시고 숨 내뱉아라
이 가을이
내년에도 살아 있을 수 있도록

그런 사람

바라만 보아도 기쁨이 되는
그런 사람이 되고 싶다
아니,
눈을 감아도
그 눈 속에서 기쁨이 되는
그런 사람이 되고 싶다

바람이 휩쓸고 낙엽이 구르는
폐허의 자리에서조차
다시
희망의 메시지를 그에게 전해주는

언제 어디서라도
빈 마음 한구석을 채워 주며
그의 손을 잡아주는

그런 사람이 되고 싶다

제2부

메이플콘을 안주 삼아

메이플콘을 안주 삼아

맥주 깡통 하나를 마시며
허기진 배에 뉴 메이플콘을 집어넣는다
꼬부라진 게 어쩌면 곡옥 같고
그래서 어미 자궁 속 생명의 씨앗 같기도 하여
맥주 한 모금에 콘 하나 털어 넣고 오물거리는 것이
생명을 새삼 생각케 하네
마음까지 스러지면 이런 거라도 먹고
정신 차려야지
기운 차려야지
맥주 깡통 하나를 마시면서

뒷모습을 바라보며

사람의 뒷모습을 바라보는 것같이 슬픈 일은 없다

그의 얼굴은 없다
사람이 등을 보이고 돌아서 갈 때
공허한 기억만 바람을 일으킬 뿐
울음 삼키는 사람이 가슴팍에 매달려 있을 땐
허허롭게 돌아서서 가는 그의 등에서는
아픈 기억들이 묻어난다

그래, 사람의 앞만 보고선 잘 모르지
뒷모습을 제대로 볼 줄 아는 사람이
슬픔이란 걸 정말 아는 사람이다

내 뒷모습 바라보며 눈물짓는 이도 있을까
내 뒷모습 바라보며 아파할 이가 있을까
모두 다 자기 앞 얼굴만 보며 닦아온 세월
혹시나
나의 뒷모습이

남에게 슬픔을 남겨 줄지도 모르지

그의 뒷모습에서 슬픔을 보지 않으면 좋겠다
사람의 뒷모습을 바라보는 것같이
더 슬픈 일은 없다

기다림

번개처럼 빠르게 날아올 폰의 메시지인데
날아올텐데 올텐데
몇 번씩이나 만지작거리며
귀는 문밖에 안테나를 세워 두었다

모든 사람들의 발걸음 소리는
너가 오는 소리였다
너이길 간절히 바랐다가
무너지는 가슴에 더욱 깊어 가는 그리움

간절히 누군가를 기다려 본 사람은 안다
그 가슴엔 문이 활짝 열려 있음을
두 사람 세 사람 째 걸어오는 이가
너가 아니라는 현실에 기다림은 더욱 짙어가고
기다릴수록 더욱 그리워지는 너

그리워할 염치조차 없을지 모를 그리움
그렇게 처절하게 비가悲歌를 부를수록

환한 얼굴로 날아드는 너의 발자국 소리를
한없이 기도하며
기다린다, 이 밤도

무심無心

제 몸 떨어져 누울 줄 알면서도
봄은 기어이 꽃향기로 오느니
꽃 질까 바람 분다고 설워 말게
그런다고 춘삼월 꽃 피지 않을 건가
봄 여인 연두저고리 속 감춰 둔 젖망울 터져 나오듯
고개 내밀고 오늘 와서, 열흘 지나면
이 앙가슴 붉어진 것도 모른 채 가버릴 것을
화사한 봄내음에 괜시리 서러워 말게
그냥 숨이라도 크게 쉬어 볼라네

그네를 타며

아름드리 느티나무 아래서 그네를 탄다
늦가을 햇볕이 연같이 날 날려 올리면
천왕봉도 울긋불긋 내 가슴팍 물들이려 다가오다
점 같은 내 몸 땅으로 낮추면
제 섰던 하늘로 돌아가 무심도 하다

박차고 오르니 약사전 철조여래좌상
철이 많이 드신 부처님
바깥 내다보시고는 저기 하늘 천왕과 눈 마주쳤네
누가 더 높지 누가 더 세지

궁금한 건 인간의 생각
약사전 철불 부처님은 밤낮 꿈쩍도 않고 앉아서
천왕 산신과 서로서로 품고 산다
나란 생각도 너란 생각도 하나 없이

너와 나

어제의 너는 오늘의 나인가?
어제의 너는 어제 그 어제 그 어제의 나
그 어제 너머 어제의 어제 어제

그 시간들이 오늘
내 가슴에서 쿵쿵거리며
아픈 발자국 소릴 내고 있네

내일의 나는 오늘의 나일까?
내일이 오면 오늘의 나는 내일 없다
스스로 무상無常하기에

내일의 내일 그 내일 내일의 내일
그 내일이 오늘 오면
내일은 아직도 내일
그그그저께의 나는 어디에 있는지
오직 오늘의 내가 있을 뿐
오직 오늘일 뿐이므로

나를 두고 간다 오늘
내일을 맞기 위해

두루미가 모이를 쪼고 있네

분단의 철조망을 넘어온 두루미
할아버지 얼굴을 하고 모이를 쪼고 있네
그저께 영변 하늘 위를 날며
형님이 들려준 할아버지 이야기를
저 두루미도 알아들었다니 이심전심일세
전쟁통에 사라진 아버지의 옛집 그림자를 내려다보고
아버지의 아버지 얼굴을 기억해 냈다니
저 큰 새의 아버지의 아버지의 아버지 두루미가 보았던
할아버지의 얼굴을 하고
10년 20년 70년 하고도 백 년을 바라보며
망념의 모이를 쪼고 있네

까마득한 옛 땅 잊히어진 곳
형님 아버지의 아버지가 살던 옛집과
시내 개여울과 거기를 지나던 행교다리와
영변 읍내로 통하던 흙먼지 날리는 신작로엔
인민학교를 다녀오던 발자국들이 아직도 선명하다고
형님은 싸인펜으로 손지도를 그려놓았다네

거기다 두루미 한 마리도 그려 넣었으면
옛집 굴뚝에 연기 피어오르고
시냇물도 콸콸 남쪽 바다까지 흘러왔을 것을

두루미가 망각의 모이를 쪼고 있네

등불을 밝히고

그 이름들 앞에 등불을 밝힙니다

당신의 이름 석자 앞에 등불을 밝힙니다
절대 당신을 잊을 수 없다고
너희들 이름 석자 앞에 등불을 밝힙니다
언제나 너희들을 잊지 못한다고

잊지 못하고
잊을 수 없고
잊지 않으려 하기에 떠나지 못합니다
혹 떠나도
그것은 떠나는 것이 아닙니다
인등引燈이 당신과 너희를 불 밝히는 한
내 가슴을 아프게 태우고 있기에

한번 새겨진 이름은 지워질 수 없는 것이라고
그 이름 혹 부를 수 없게 되더라도
가슴에 영원히 안겨 있는 거라고

바람 불 때면
그 이름 가슴에서 울려 나오고
때론 비 내리는 소리에 그 이름이 들리며
환한 햇살 속 눈앞에서도
그 이름 아지랑이 피어오르듯

모과

지리산 동네 산내면 산야山野에 비안개 서리면
산수화로 거듭나는 어스름한 저녁 실상사
모과나무 한 그루 동양화폭 속에 섰네

내내 파랗기만 하던 너가
언제 이리도 고운 빛깔을 내었을까
약사전 쇠부처님 천일기도하는 마음으로 그리되었나
보광전의 목탁소리에 파랗던 여름철의 자만을
미련 없이 버렸을까
네 바로 곁 반야전의 아침 법석소리에 그만
너 속을 내려놓고 샛노랗게 변한 것이냐

빛깔로 말하고 있는 너의 자태에
내 마음도 물들고 있다
인생사도 그렇게 익어가는 것이라고
묵묵하게 서서
어느덧 향기롭게 익은 모과

인생은 저렇게 익어야 한다고

벚꽃 흩날리는 날에

가슴에 패인 곰보자국들은
무덥던 한여름 우박 쏟아져 내릴 때
엄청 두드려 맞듯 아팠었지

벚꽃비 흩날리는 날
가슴 아팠던 날을 떠올리며
낙동강 뚝방길을 걷는다
오늘은 우박 대신 꽃비가 흩날려
나도 꽃잎처럼 바람에 몸을 실어본다

그래도
왠지 바닥에 떨어져 누운 꽃잎들이
내 가슴에 패인 자국 같아서
꼭 곰보자국 얼굴에 파인 것 같이
가슴이 저린다

꽃잎이 바람에 몸을 맡길 땐
자신을 미련 없이 버리는 것임을

새털처럼 비우고 가벼워지는 것임을
나도 그러고 싶어서
낙동강 뚝방길을 걷는다
오늘

산수유 열매

샛파란 늦가을 지리산 하늘 아래
인생은 이렇게 붉게 물드는 것이라고
붉은 보석처럼 빛나야 하는 것이라고
알알이 매달려
천왕문 들어서는 사람마다
가슴에 빨간 별을 달아주는 너

싯퍼런 젊은 날엔
너 스스로도 이렇게 붉게 물들 줄은 몰랐으리
나 역시 팔팔하던 시절엔
이렇게 검붉게 물들 줄 몰랐으니
피멍 어린 내 가슴에도
붉은 보석 하나 달아 주오
내 가슴도 별처럼 반짝일 수 있도록

상처

멀쩡하던 손가락을 베었다
도대체, 왜, 무엇으로 벤 건지 모른다

다음 어느 날엔가는 발가락을 베었다
남이 벤 건지 나 스스로 벤 건지 도무지
도대체, 무엇 때문에 그리된 건지 모른다
손과 발을 절름거리다가
또 어느날엔가
눈을 베고, 귀도 베고, 목을 베었다

어느날 결국
가슴까지 깊게 베어버렸다
이제 나는 내가 없다
베인 마음 베고 또 베었다

보이지 않는 칼

콩자반을 먹으며

백로白露 지나 소슬바람 불어 낙엽 한 닢 떨어지니
하얀 머리카락도 제 분수를 아는구나
까만 콩자반 위로 내려앉다니 내 머리카락 한 올
어찌 그리도 새하얄까
젓가락으로 세월을 들어 올리려니
머리카락 한 올이 왜 이리도 무거운고
쇠제비갈매기들은 하얗게 빛나는 가슴깃털로
저 하늘을 가벼이 날아오르던데
내 머리카락도 쇠제비 가슴깃털만큼이나 하얀데
왜 이리 무거울까
무슨 한 맺힌 게 없지 그들에겐

가슴깃털 하얀 쇠제비갈매기 새들이
세월의 이쪽과 저쪽을 난다
마치 이승과 저승을 걸림 없이 오가듯 날아다닌다
만약 그들의 날개가
내 하얀 머리카락 한 올 무게만큼이나 무거웠다면
비상飛翔은 꿈도 꾸지 못했을 거다

콩자반이 오늘따라 더욱 검다

벽 1

새벽 범종소리 탑륜을 타고 하늘로 흐르는데
석등 외로이 천년을 버티고 서서
등불 밝히지 않고서도 환해 온다

두 평도 되지 않을 방에 앉아
동으로 난 문을 열면
늦가을 깜깜한 밤하늘이 왈칵 쏟아져 들어온다

몸 뒤척이며 돌아누우면
마주치는 건 막막한 칸막이, 벽
에워싼 채 나를 가둔 직사각 육면체
면면마다 벽이구나
막히지 않고 나갈 수 있다면, 바람처럼
아직 난 벽을 타고 넘거나
벽을 뚫고 나갈 힘이 없다

저 벽 너머 회생과 복원의 새 길이 기다리고 있는데
기다리고 있는데

벽을 밀쳐내고 거기로 갈 힘이 아직 없다
회향回向해야 하는데
이렇게 갇혀서

벽 2
-천지개벽

천지개벽이 세상에만 있는 건 아닐세

사방이 벽일세 나를 가둔
저 벽이 그물로 바뀌는 날, 이날이 천지개벽
내 마음 걸림 없이 넘나들고
바람같이 자유로워지는 날
그만하면 천지개벽이거니

그 마음
대도무문大道無門이고 청풍무애淸風無碍하여
내 앞에는 벽도, 벽에 달린 문도 없다
맑은 바람에 몸 맡기면
한없이 자유롭다네

천지개벽
내 몸
내 마음 안에 있다네

제 3 부

산문을 나서며

산문山門을 나서며

어제는 가는 가을을 빗소리가 환송하더니
오늘 새벽은 별빛이 찬란히 길을 비추네
입석리 들에서 천년을 지켜온
약사전 철조여래좌상 부처님과
동탑 서탑과 석등이 별빛 아래 적정寂靜하다

겉은 고요해도 속은 울렁이니
실바람에도 물결 이는 주름진 마음을
저 참회의 도량에 남겨두자
텅 비운 늦가을 들판과 하나로 어울리며
부처님 가슴의 무량심無量心을 내 가슴에 담고
산문山門을 나선다

산 청청靑靑 물 청청淸淸

곧 화엄華嚴

마음을 누가 잴 수 있다더냐
마음에 무슨 치수가 있을 수 있겠나
가로세로 길이도 재고, 방 도배하듯
마음을 잰다니
도대체 잴 수 있는 마음을 보기라도 했나

가슴 속 깊이 들어서면 거기도 그윽한 숲이 있고
맑은 호수도 있고, 그 위를 바람이
때론 소리로 때론 소리 없이 때론 섬뜩한 칼질로
헤아릴 수 없는 수많은 직선과
알 길 없는 곡선을 그어대며
정말 알 수 없는 추상의 그림을 그린다

알 듯 모를 듯하며 비워 낸 가슴은
수없는 기호와 상징의 흔적
그리든 지우든 평상심으로 숨 쉴 뿐이네

천 개 호수에 천 개의 달이 비친다 해도

내 가슴의 호수에 뜬 달은 오직 하나
화엄의 장엄함이라니
마음의 도량 그제서야 알아차려도
그때가 가장 빠른 길임을
내 몸 둘레의 사위四圍가 환해지면

공양간 애기보살

남원시 산내면 입석리마을로 열여덟에 시집와
아니, 그는 신랑 만나는 게 좋아서
시집을 온 게 아니고 갔다고 말을 이내 애써 고치신다

지금은 버얼써 가고 없지만
그 옛날 입석마을 남정네에게 시집간 기억에
그냥 웃음이 헤벌헤벌 하시는 애기보살
육십오 년이 흘러 그 세월만 해도 환갑을 넘겼구나
입석리 실상사 공양간에 바친 반평생
약사전 쇠부처님 창고에 처박혀 계실 때부터 함께 하셨
다네

어린 시절의 이름을 알려주마 하시고는
한껏 입 벌려 파안대소하는 주름살
그 옛날 젊은 시절 그리워하며
마냥 기뻐하는 금순이 애기공양보살님
무릎은 절뚝여도 가는 세월 아쉬워 않는다네

금순이 애기보살 없으면
실상사 사부대중 입에 풀칠도 못한다네

겨울밤의 국보 삼층석탑

동짓달 겨울밤 초저녁 동쪽엔
삼태성이 일찍부터 떠오른다
국보 10호 삼층석탑도 기다렸다는 듯
허공에 탑신을 치켜 세운다

일층 몸돌에 돋우어 새긴
지국 증장 다문 광목 사천왕들
동서남북 하늘을 에워싸고 삼태성 빛줄기를
신성스레 모아 와서
삼층 지붕돌 옥개석에 앉아계신 부처님을 옹위한다

드디어 이층 몸돌 동서남북에서
천인들이 온 마음을 모아
비파 박판 장고 생황 동발 횡적 향비파로
부처님 공덕을 찬탄하면서 연주를 하며
밤하늘에 별들을 총총히 수놓는다

눈 들어 저 멀리 내다보면
속절없이 반짝이는 속가俗家의 불빛들
산내면 산 아래 동네 사람 냄새 그립다 하나
시시비비 끊이질 않아

별빛 고요히 내려앉아
청량하고 적정하여 적멸寂滅이 따로 없네
별빛 총총한 백장암 절 마당 여기가
더 없는 화엄의 세계라네

목탁소리

한 번 두드림에
내 속 억울함 소리 내어 울고
두 번 세 번 두드림에
탐욕과 어리석음 지진 맞은 듯
마음 깊은 곳에서 튀어나오고
계속 두드리는 타악의 음률에 과거 허물들이
허물허물 제 옷을 벗고 나오는데
허물 벗은 자리를 두드린 목탁소리가
꽃자리로 가슴 깊이 자리 잡는다
저! 목탁소리

능가사의 봄

봄은
팔영산 그림자 안고
여덟 개 산봉우리 넘어서 온다

남녘 훈훈한 바람 고흥반도 오를 제
겨울 끝자락 떠나보내기 아쉬워
능가사* 동백나무에 걸터앉아
눈 시리도록 푸른 새벽 법당 앞에
휘모리 춤사위마냥
핏빛 사설辭說 토하고

밤새
신명나게 혼불 밝히며
봄은
어느새
제 그림자 밟고 온다

*능가사(楞伽寺): 전남 고흥반도 끝자락 팔영산의 고찰. 신라 눌지왕 때(420년)
아도(阿道)화상이 창건.

달빛에 탑은 더욱 빛나고

동탑 서탑 마주 선 절 마당에다
기억하고 싶지 않은 기억과
엇갈리며 떠오르는 얼굴들을
달빛으로 흩뿌린다
깜깜한 밤중에도 빛나는 하늘은 번뇌를 껴안고

쌍탑의 그림자에 회한의 시간들이 서리면
숨어 있던 기억들이 탑을 서성이며
석등 불빛 밝히던 그때를 그리워한다

기억은 성찰의 힘을 갖고
길 없는 길을 내다본다
허물과 함께 탑 사이를 서성이며

가슴은 울컥하고
마음은 먹먹하고
지워지리라 착각하듯 지나온 발자국을
하염없이 문지르면서

무명無明한 마음 달래듯 달빛을 안고

탑을 한없이 돌고 돈다

명부전冥府殿에서

요양원 침대에서 애써 돌아누워
자는 척
못 듣는 척
모르는 척

감옥 속에 처넣은 니 놈들이 내 새끼냐고
한마디 하소연조차 소용없어 절망으로 눈감은 채
인사조차 받기 싫은 꽉 막힌 가슴 안고
돌아누우셨다
한만 더 맺혔다

또 오마는 말은
자유를 빼앗는 절망의 소리
인사마저 외면하고 돌아누운 어머니
그날 내내
입맛이 사라진 하루였다
이유 없는 분노로 마음만 오락가락했다

초겨울 새벽 다섯 시 캄캄한 밤
한참을 울었다 실상사 명부전에 앉아
차가운 마루바닥에 엎드려
지난날 어머니 아버지 계시던 요양원이 떠올라서

실상사에서

산내면 입석리 실상사엔 다리가 하나 있다
해탈교, 얼마나 멋있는 이름인가
거기를 건너기만 해도 온갖 번뇌망상을 잊을 것 같으니

그래서
물안개도 가끔 피어오르는 그 다리를
매일 아침 적어도 하루에 한 번은 건너며
아 이게 해탈인가
흐르는 물길에 설킨 내 마음도 떠나보내면서

반야봉般若峰 반야般若의 지혜 안고 흘러내린 시내
운봉 인월 산내의 중생들 온갖 시름 품어 안고
해탈의 다리 아래 지날 때
나도 나를 실어 보낸다
아 이게 적정寂靜이고 적멸寂滅인가

다리를 건너오며 고개 들면 저 멀리 보이는 천왕봉

백장암에서 서진암 사이 1

영신봉을 바라보며 걷노라면
백장암이 등 뒤에서 배웅한다
요 며칠 매일 눈이 내려 소복이 눈 덮힌 산길을
염불소리 운율처럼 찍힌 발자욱 따라 걸어가면
어느덧 고요해져 산과 하얗게 하나가 된다

지리산 능선에서 날아 온 바람이 가르쳐주는 소리
마음, 나처럼
머물지도 말고
매이지도 말고
걸리지도 말라고

너의 그 속 내려놓아야 하느니
그 속도 내려놓아야 할 그 마음도
이 말조차 바람 따라가고 없다

서진암 가는 눈 내린 산길
삼라森羅가 하얗다

백장암에서 서진암 사이 2

하얀 눈에 덮혀 서진암 가는 산길에서
한 구비를 돌며 뒤돌아다 본다
얕은 골짝 건너 국보 제10호 삼층석탑이 서 있는
천년의 세월 간직한 오롯한 청정도량을 뒤로 하고
거기서 세 구비를 돌면 가파른 산허리
그 너머 백장암 형제 서진암이 암벽 아래에서
지리산 연봉들을 작은 부처님 앞으로 끌어들이고
사바娑婆의 산내면 들을 굽어 본다

거기로 가는 산길엔 구도자의 발자국들이
이열 종대로 늘어섰고
푹푹 덮인 눈에 길 잃은 고라니 발자국
구도자의 냄새를 맡으며 그 곁에서 나란히 지나갔다
원래 짐승은 사람 흔적을 피하는 법
이를 초월한 동행, 서진암 가는 하얀 산길
서로 다른 발자국들 사이로 나도 사이좋게 걸었다

길 잃은 자들, 스님의 원력願力이 필요했을까

빛을 갈구한 숨결이 서린 자국들
그 산짐승도 오랜 산중생활에
깨달음의 향기를 알아차린 걸까

푸근히 서 있는 반야봉을 남서향으로 마주하여
도를 닦고 있는 서진암

산

길 위를 걸어가는 수백 개의 흔적
이들이 어디로 가는지
마음까지 어두워
알 수가 없을 땐 거기로 가라

어느 자국이 내 발자국인가 모르게 헝클어져
회한과 몽매함의 신음소리로
가슴을 쥐어뜯어야 할 때 거기로 가라

하늘로 오르는 길만 있을 뿐이다 거긴
심장을 쥐어짜는 것보다 더 숨차고 고통스럽다 거긴
굵은 땀방울 줄줄 흘러내릴 때
알게 될 거다 그게 감추어진 눈물인 줄
도대체 나의 것은 무엇이었던가

가라 거기로
힘들고 가슴 찢어질 때에 하늘로 오르는 길이 보인다
침묵하며 위로 위로 내어 딛는 걸음만이 너의 길이려니

하늘에 맞닿을 때에야 눈은 열리고
가슴은 평화로 가득 차오른다
가슴을 열고 거기로 가라

하늘이 널 기다리고 있다

천왕봉이 실상사 공양간을 들여다 본다

점심식사, 부처님 모신 곳에선 점심공양
밥 한술 떠 넣고 한참을 우물거리며
머릿속 아닌 입 속을 더듬어 본다

대체 이 나이 되도록
얼마를 우물거리며 살아왔나
살겠다고, 몇억 번을 어떻게 우물우물 삼켰을까

달디 단 것은 더 빨리 우물거리며 삼켰을 거고
쓰디 쓴 것은 차마 뱉지는 못한 채로 우물거리며
씹어 삼켰을 거고
가슴 쓰라린 것은 도저히 우물거릴 수 없어
눈물로 삼켰을 거다

저 멀리 하얀 첫눈을 우뚝 이고 선 천왕봉이
공양간 창문 안을 들여다보며
사람들아 무얼 그리도 우물거리는가
욕심내지 말고 무심히 무심히 우물거리시게

당신들 배 속으로 삼키는 것 모두
다 똥 되는 것이니라 하시네

지리산의 석양

성삼재와 바래봉 사이를 타고 넘은 석양
새벽 일찍 천왕봉을 일깨우고
세석과 삼도봉을 지나며 숨 거칠게 내 쉬니
하루 내내 지리산과 동무하여 함께 달린다
반야봉 굽어보며 진리의 빛 비추더니
기운이 다하여 붉게 익어 간다

홍시는 삶이 무르익어 붉게 익은 것이다
지리산의 하루도 그렇게 익어 간다
발갛게 비춘 산등성 위로 온 하늘에 붉은 주단朱丹을 까
니
삼라만상森羅萬象 여기가 도솔천兜率天이려니
저 해탈의 노을로
너의 눈도 물들이고
나의 가슴도 그렇게 붉게 물들이시게나

천왕문天王門을 들어서며

가득함도 빛나고
비움도 빛난다

그리워할수록 더욱 그리워 그리움 가슴 가득하고
미워할수록 그리움이 흘린 눈물 가슴 가득하다
너 그리워 가는 길 다가가기도 전에
너 발자국 소리는 멀어지기만 하고
그리움 가득 찬 마음만큼
미움 텅텅 비운 마음 네 가슴에 가득해다오

사천왕四天王이 지키는 이 문을
사뿐히 지날 수 있게
가득함도 빛나고
비움도 빛나라

제4부

어떤 하루

마음은 보석

당신의 가슴에 고인 눈물 방울방울 떨어져 내려앉아
석류 속에 똬릴 틀고 들어앉은
붉은 알갱이들
내 가슴 안에 들어와 에메랄드가 되었네

내 가슴에서도 네 가슴에서도
반짝이며 빛나는
눈물의 다이아몬드

아내

그는 내 어머니였습니다
그가 돌아오면
마음이 놓이는 어머니였습니다

그는 내 누이였습니다
어제는 다투었지만 오늘은 해맑게 웃어주던
내 누이였습니다

맘 상해서라도 돌아오면
내 편이 되어주었던
엄마야 누나야
강변 살자던 그 엄마, 그 누이였습니다

언젠가부터 눈가에 맺히기 시작한 이슬에
더이상 해맑지도 평온하지도 않고
어둠만 내려앉아 엄마와 누이는
이젠 그리움이 되어버렸습니다

나는 아직도 꿈을 꿉니다
투정 받아 줄 어머니가 그립고
함께 토닥거릴 누이가 그립습니다

추풍낙엽秋風落葉

쓸어도 쓸어도 돌아서면 또 떨어져 누운
낙엽이여
봄철엔 온 산천 연두빛 꽃잔치
여름엔 온 세상 진초록 향연장
가을엔 온 천지 화엄華嚴의 연화장蓮華藏이더니
너 어이 세상살이 무상無常한 줄 알았더냐
하얀 눈 차갑게 널 덮기 전에
설움 피해 몸 던져 내렸는가
가슴 속 아망*은 토해내고 가시게
바람 가잔대로 가시게
쓸어도 쓸어도 또 떨어져 누운

*아망: 아이들이 부리는 오기

어떤 하루

저녁은 챙겨 먹었어요?
전화가 온다
그래, 남겨 둔 고구마 한 덩이로 해결했지
기억에서 겨우 꺼내 그제 담근 물김치하고
몇 달 후면 물 한 모금 삼키는 것도 어려워질
누군가의 소식이 오늘 내내 귓속에서 맴도는데
어둠살 내린 식탁에서 혼자 오물거리며
살고 죽는 건 고구마 한 덩어리라도
감사하게 씹을 수 있는가의 문제이지
최소한의 소통 속에 감춰진
최대한의 선의를 최선의 마음으로 감사해야지
이렇게 살아서, 싯퍼렇게 숨 쉬며 씹고 있는데
뭐라도 삼키고 숨 쉬고 있는데
집 떠나 보내온 전화 한 통

산길

삶의 기억 안고 땅으로 떨어져 누운 솔갈비들
지난날 비수가 되어 날아다니던 입과 눈
삐죽삐죽 솔갈비가 되었구나
때 지나니 별수 없이 다 떨어져 눕는 건 세상살이의
이치
내 뼈가지가 시체로 널부러진 것 같아서
차마 내 두 발로 짓밟으며 못가겠다
내게 남은 아픔이 지리산을 보러 가자 한다

이 선하고 무심한 백장암 산길을
참회 없인 한 걸음도 내딛지를 못하겠다
내 허물 들여다보기 전엔 솔갈비 밟고서
북대北臺와 백팔대百八臺에 오르질 못하겠다
거길 넘어서면 서진암인데

거기에 가면 천왕봉이 눈앞이고
노고단도 멀리서 오라하고
반야봉般若峰은 내 가슴에서 돌덩이를 들어 내랍신다

가슴에 남은 슬픔이

지리산을 보러 가자 한다

으슷거리며* 솔갈비를 즈려밟고 산길을 간다

*어슷거리다: 몸이 크고 다리가 긴 사람이나 짐승이 맥이 빠져 힘없이 어정거
리다.『한겨레말모이』-되살려 쓸 우리 토박이말 24,000어휘(하늘연못, 1997)

김삿갓을 만나

무등산 자락에서 남동쪽으로 가면
동복호 맑은 물이 적벽赤壁을 세웠으니
하얀 백로 날아오르고
옹성산서 불어 내린 푸른 솔바람 소리
풍류 가객 어이 절로 발길하지 않았으랴

그가 버렸나 시대가 버렸나
하늘을 가리고 다녔으되
적벽은 우러러 올려다보았으니
빨간 고추보다 매운 그의 심지心志
흐트러진 세상 향해 더욱 굳었을까

시대가 품지 못한 아웃사이더 아나키스트
혼돈의 세상에 거침없이 휘둘렀던
칼보다 날카로운 언어의 마술로 처절히
자유를 열망했던 방랑자여

질곡 속 고단했던 삶의 마지막 자락

적벽 가까운 마을에 머물러
스스로 옭았던 삿갓조차 내려놓았으니
쓰라려 검붉어진 마음 맞잡으며
붉디붉어진 적벽이
꼿꼿이 거기에 서 있어서였으리라

*적벽(赤壁): 전남 화순군 동복호에 있는 수백 미터 높이의 붉은 절벽

노고단 가는 길

마음겨운* 혼돈에서 어차피 깨어나야 한다면
술에 너무 취하지 말고 오늘은
자연에 취해 보리라
맑은 정신이 살아 숨 쉬는 곳
나를 일깨우는 노고단 가는 길

마음을 비워 바람처럼 자유로워지고 싶다면
연기 같은 탐욕일랑 내려놓고 오늘은
산길에서 자유를 만나 보리라
순수한 피가 흐르는 노고단 가는 길

따뜻한 가슴으로 그를 다시 만나고 싶다면
미움과 분노를 버리고 오늘은
나무와 숲이 건네는 지저귐을 들어 보리라
사랑이 돋아나오는 노고단 가는 길

상고대가 오늘따라 더욱 반짝이고
노고단 가는 길이 보석처럼 빛나는 것은

꼭 아침 햇빛 때문만도 아니고
내 몸 안으로 들어 온 지리산
저 노고단 때문

*마음겨운: 마음이 몹시 쓰인다는 뜻의 우리말

소주와 시인

엄청 목 말라

ㅅ 선생~~ 우리 쏘주 한잔 할까

맑디맑은 이슬 한 방울만 마셔도 온몸이 뜨거워지잖아

당신은 시 같은 소주를 내 잔에 채우고

난 소주 같은 시를 마신다

이보시게

시인이란 만들어지는 건가 태어나는 건가

도무지 알 수가 없어

온갖 말들로 세상은 꾸며지고

그래서 오만가지 안주로 우리 입에 오르고서도

도무지 난 아직도 알 수가 없어

소주와 시와 이 세상을

시 같은 소주로 가차 없이 오장육부를 씻어내면

헝클어진 머리카락들도

그제사 제 결대로 바람에 나부끼려나

시 같은 소주를 잔에 채워

소주 같은 시를 마시는 저녁

시인의 술잔에선

세상사世上事가 술이 되었다가 시가 되었다가
술이 시가 되고 시가 술이 되니
취하는 것도 풍류가 되는 오늘 저녁

거울

너와 내가 서로에게서
한 걸음 한 걸음 멀어질 때마다
서로가 내민 칼은 얼굴을 찢었다
거울 속 모습은 일그러지고

수십 년 세월
깨진 금들은 갈수록
무수히 늘어만 가고 굵어져만 갔다
드디어 가슴마저 도려내는 칼춤
어지러웠다

저 굽이지며 걸어온 길모퉁이에서
그래도 한 점의 빛을 발견하면
햇빛에 반짝거리며 반사하는 거울을 끌어당기곤 했지
그 한 점 빛조차 잃어버릴까 두려워하며
실종신고 직전의 미소를 되찾고 싶었다

너 앞에 다시 섰을 때

아, 거울이었구나 너는
일그러진 금도
한 점의 빛도
내가 쏘아 보낸 것이었음을

무상無常

별것 아닌 것을 별것인 양
하지도 말고
안 하지도 말자

별것인 것을 별것 아닌 양
하지도 말고
안 하지도 말자

별것이 한순간에
별것 아닌 것이 될 수도 있고
별것 아닌 것이
별안간에 별것이 될 수도 있으니 말이다

우리 몸의 세포가 시시각각 변하듯
어제의 내가 오늘의 내가 아니듯
나도 별안간 사라질 수 있고
내 몸을 비추던 빛이
갑자기 힘을 잃을 때도 있다

너와 나 그리고 우리는 늘 그 자리에 머물러 있지 않아

있어도 없고
없어도 있는 것
모두가 무상無常한 것임을
알게 된다면

문을 걸어 잠근 사람에게

문을 걸어 잠근 사람이 있으면
문을 두드리는 사람이 있다

미안하고 부끄럽다
걸어 잠긴 문
끊어진 발길
문을 두드리는 소리에 수년간 잊었던 얼굴을
마주하는 얼굴에 번지는, 미안하고 부끄럽다

걸어 잠그지 마라 문을
열고 들어오고 싶은 사람을
마음으로 문전박대하지 마라
그의 마음은 얼마나 아프겠느냐
너가 문을 두드릴 때
한없이 문 밖에서 하염없이 기다린다면
그때 가서야 너의 마음은 그의 슬픔을 알겠는가

내가 너의 문을 열고 안으로 들어가고 싶듯이

너도 그에게 너의 문을 기꺼이 열어주어라

문을 걸어 잠근 사람에게

온몸으로 문을 두드리는 사람이 있다

떡국

자기 떡국그릇엔 하나도 넣지 않고
제 그릇에만 짜악~짝 발겨 넣었다며, 나는 진짜
말 그대로 심장도 없는 사람 다 되어버렸지
아무 말도 없이 김을 짝짝 찢어발기며
모락모락 김 올라오는 떡국 그릇을 물끄러미 들여다보다가
납작한 동그라미 떡국거리가 돼버렸어
또 말 없는 떡국거리가 될까 놀라 마누라 얼굴을 슬쩍 훔
치며
갈가리 찢어 놓았던 그 흔적들과 사각 김을
다시 한번 더 찢어
떡국 속으로 던져 넣은 다음
말 없는 떡국을 말없이 입 속으로 꿀꺽 삼켜버렸지
아무것도 볼 수 없는 창자 속으로
갈가리 찢긴 김에 깊은 자욱 남은 가슴
아무 말 없이 찢어발긴 검은 김 조각들을
묵묵히 털어 넣으며 무심하게 생각한다

떡국, 그리고 김 한 조각

비오는 날의 막걸리 한잔

막걸리 한잔에 바다 갯내음이 피어나는
비오는 날 저녁
합포의 선창가에서 몸을 싸고도는 바다 내음에
몸은 추억으로 과거를 기억하고
입은 삼키는 막걸리로 현재를 느낀다

비오는 날 저녁에
합포만의 가고파 노래소리가 들리고
진동 앞바다 물결소리가 귓가를 적신다
한여름 빗소리를 안주로 버무려
진동막걸리를 마시면 그 바다가
내 가슴으로 와서 바닷물결로 찰랑인다
뜨거운 열정과 파랑색 바다의 파랑波浪으로
진동막걸리 한잔에
오늘은 기분 좋은 날
날개가 심장에서 돋아나는 비오는 날의 저녁

다카우수용소*의 검은 고양이

매일 밤 절망 속에서도
다카우 망자亡者들의 친구
검은 영령들의 혼으로
네 피부를 감싸 덮는다

칠흑같이 어두운 벌판에서 오늘도
파들거리며 떠도는 운명
지축이 울리도록 부르짖고 싶은 소리마저
총총한 별빛이 되었다

광기로 번득인 야만의 심장이
한 줌 재로 흩뿌린 그곳
검은 갈기 털로 네 몸뚱아리에
아물지 않는 기억을 올올이 심고
억울하고 분한 소망을 새겼구나

그대들이 영원히 살아 있음을
마침내 검은 사자使者의 형형炯炯한 눈빛으로

다카우 영령들이 이젠 깨어나
수난의 역사를 증언하고 있음을

*Dachau수용소: 1933년 설치된 독일 제3제국 최초의 정치범 및 유대인 수용
소. 제2차 세계대전 말기까지 4만 5천여 명이 여기서 죽임을 당했다. 독일 바
이에른주 뮌헨 근처에 있음.

먼지

며칠 집을 비우다 돌아왔다
느즈막한 겨울 햇빛이 거실로 비스듬히 한가득 들어와
밀가루 한 점보다 더 미세한 먼지들이 바닥에
하나도 보이지 않던 먼지들이
얇은 무서리 내리듯 하얗게 내려앉았네
말끔한 줄만 알았지 언제 이렇게 쌓였지?
햇빛이 먼지를 드러내다니

가슴 속도 이럴지 모르겠다는 생각이 든다
산다는 게 우리 가슴에 매일
오만가지가
먼지가 밀려들고 쌓이는 일인지도 모르겠다
그래서 산다는 건 끊임없이
털어내고 닦아내려고
숨 쉬는 건지도

짙은 그림자 속에서도
바람에 기죽지 않는 잎새들처럼

아프게 흔들리면서도 바람같이 눕고
때론 번개처럼 일어서는 풀잎처럼

그 산속을 걸어간다

노고단에 오르며 내 지은 죄부터 내려놓는다
천왕봉까지 가야 하는데 무겁다 아득하기만
길은 산속에 숨어 있고
보이는 건 산 산 산

바로 눈앞 반야봉
깨달음으로 불룩 솟아오른 봉우리
그의 품에 안기었다 가자
쉬어지지 않는 숨이 트일지도 몰라

굽이굽이 지나온 길에서 헉헉거린 숨
속 깊이 들어박힌 티끌까지 내뱉아도
들어간 숨은 나오질 않네
섬진강 은빛 모래 가슴서 꺼내어 반야봉에 뿌리니
햇빛은 따갑게 빛나고 드센 바람 거침없이 자유롭다
반야般若의 봉우리를 지키며 선 나무들과 바위
내 가슴으로 와서 천년을 지켜다오 여기서 한 것처럼

길은 산속으로 숨고 산속으로

반야봉般若峰에 반야般若는 없고 산만 있네

그 산속을 걸어간다

산도 보이지 않네

시의 보편성과 개성의 시적 형상화

−김인혁 시인의 시세계

성 선 경 (시인)

시의 보편성과 개성의 시적 형상화
-김인혁 시인의 시세계

　시의 보편성은 시인의 삶과 떼어놓고 말할 수는 없다. 시인의 삶이 현재의 현실적 삶 속에 놓여 있다면 시도 현재의 현실적 삶 속에 놓여있다고 볼 수 있다. 시인의 삶이 현실에 기반 한다면 시 또한 현실에 기반 할 수밖에 없을 것이다.

　시인이 다양한 현실 삶의 양태 속에서 무엇에 관심을 가지느냐 하는 것은 곧 시인은 시 속에서 무엇을 말하려 하는가 하는 문제와 직결되어 있다. 그러므로 시인의 관심사는 시가 말하고자하는 시적발화와 연관되어 있으며 이 속에 시의 보편성이 내재한다고 볼 수 있을 것이다. 결국 시의 보편성은 시인의 삶 속에 내재된 것으로 볼 수 있다.

백장암 위 호젓한 산길이 하나 있다
하우마을로 가는 고요한 길
오로지 수행자를 위한 길처럼
번뇌로 어지러운 발길 내딛지만
마음으로 걸어가며 청정해지는 산길

자신이 아직 여기 있음을 알리듯
지난 세월 안고 떨어져 누운 떡갈나뭇잎들
제석봉에서 날아온 아침 햇빛에 반짝인다

지난 기억을 품고 누운 저
세월의 몸들을 밟고 지나야 한다
얼마나 두렵고 잔인한가
내가 그렇게 땅에 아무렇게나 나뒹굴어져
버림받은 나뭇잎 같아서
나의 몸을 밟고 지나가야 하다니

밟히며 바삭거리는 소리는
나의 과거가 고통스럽게 짓밟히는 비명
나의 심장이
나의 머리가
나의 영혼이 아프다

‒「낙엽을 밟으며」 (전문)

　인용 시 「낙엽을 밟으며」는 시적 전형성을 보여주고 있다. 노드롭 프라이의 그의 저서 『비평의 해부』에서 봄은 '신의 탄생' 가을은 '신의 죽음'을 나타낸다고 했다. 그래서 봄을 노래하는 시들은 대체로 희망적이고 예찬적禮讚的이며, 가을을 노래한 시들은 허무적이고 비탄적悲嘆的이라 했다.

　위 시에서 시인은 비탄적悲嘆的 감상에 젖는다. "내가 그렇게 땅에 아무렇게나 나뒹굴어/ 버림받은 나뭇잎 같아서" 심장과 영혼이 아프다. "번뇌로 어지러운 발길 내딛지만/ 마음으로 걸어가며 청정해지는 산길"인데도 낙엽을 보며 자신의 삶을 되돌아보게 된다. 심지어 "나의 몸을 밟고 지나가야 하다니" 하고 탄식을 하며 낙엽과 자신을 동일시하고 있다.

　아마 시인의 이러한 감상은 시인만의 것이라기보다는 인간 본성의 보편적 감상이라 보는 편이 타당할 것이다. 그러나 시인은 일상의 보편적 감상을 넘어 여기서 "나의 과거가 고통스럽게 짓밟히는 비명"을 듣는다. 쓸쓸함이라든가 외로움의 감정을 넘어 자신이 낙엽과 동일시되어 비명을 지르는 소리를 듣고 있다. 이것은 낙엽의 비명이며 또한 자신의 비명이기도 하다.

이러한 시인의 태도는 시인이 갖는 근래의 관심사와도 관련이 깊은 것 같다. 시인의 이번 시집에는 산사山寺와 관련이 있는 시편들이 다수를 차지하는데 대충 살펴보면 '산문을 나서며' '목탁소리' '곧 화엄' '공양간 애기보살' '겨울밤의 국보 삼층석탑' '능가사의 봄' '명부전에서' '백장암에서 서진암 사이' 등등 산사山寺에 관한 시편들이 많다. 그 중 한 편을 보자.

어제는 가는 가을을 빗소리가 환송하더니
오늘 새벽은 별빛이 찬란히 길을 비추네
입석리 들에서 천년을 지켜온
약사전 철조여래좌상 부처님과
동탑 서탑과 석등이 별빛 아래 적정하다

겉은 고요해도 속은 울렁이니
실바람에도 물결 이는 주름진 마음을
저 참회의 도량에 남겨두자
텅 비운 늦가을 들판과 하나로 어울리며
부처님 가슴의 무량심을 내 가슴에 담고
산문을 나선다

산 청청 물 청청

산문山門을 나서며 자신의 마음을 다스리는 심경이 시 전편에 깔려있다. "겉은 고요해도 속은 울렁이니/ 실바람 에도 물결 이는 주름진 마음을/ 저 참회의 도량에 남겨두 자"고 다짐을 한다. 산사山寺의 적정寂靜 풍경과 시인의 마음이 합일하여 "어제는 가는 가을을 빗소리가 환송하더니/ 오늘 새벽은 별빛이 찬란히 길을 비추네"와 같은 빼어난 대구對句가 유장한 리듬을 일으키며 "산 청청 물 청청" 같이 훌륭한 라임(rhyme)이 청정한 시심詩心을 형성하고 있다.

시는 시인의 마음이 시적자아를 일깨우고 시적 개성을 드러내게 한다. 결국 시인이 처한 삶이 시적 보편성의 근원이 된다면 시인의 마음이 시적 개성을 만드는 원천이다. 사찰이라는 속세로부터 한 발자국 벗어난 공간에서 시인은 자신의 마음도 세속에서 한 발자국 벗어나 청청한 자연과 어깨를 나란히 한다.

네게 다가서는
한 발자국 한 발자국
세상을 얻으러 가는 발걸음이다
당신에게로 가는 길

당신에게 가면 세상이 그 안에 있을 것 같아
조금씩 걸어가는 한 발자국

내게로 오라 한 발자국씩이라도
세상이 그 발자국과 함께 걷는다
따스한 세상을 꿈꾸는 내게
그 세계를 열어 보여다오
조금씩 한 발자국이라도 발걸음 내디딘다면
내 심장이 살아날 텐데
한 발자국 조그만 발걸음이 세상을 바꿀텐데

가슴이 고픈 이여
비록 작은 걸음일지라도
한 걸음씩 내딛고 걸어가라
욕심내지 않아도 좋다
한 걸음 내딛는 용기는 백 걸음 천 걸음을 품은 가슴
따뜻한 세상을 꿈꾸는 뜨거운 피가
너 안에 가득 흘러넘칠 것이다

너에게로 가는 길 한 발자국
　　　　　　　　 -「너에게로 간다」 (전문)

시의 세계는 디테일도 중요하지만 스케일도 중요하다. 아무리 디테일이 뛰어나도 인생의 생生과 사死의 문제처럼 큰 깨달음을 담고 있지 않으면 그 재미가 반감半減된다. 그래서 시인은 시를 창작함에 있어 큰 그림을 그릴 줄 알아야 한다.

이 시에서 시인은 "당신에게로 가는 길"은 "세상을 얻으러 가는 발걸음이다" "따스한 세상을 꿈꾸"며 "세상이 그 발자국과 함께 걷는" 길이다. "한 걸음 내딛는 용기는 백 걸음 천 걸음을 품은 가슴"이며 "당신에게 가면 세상이 그 안에 있을 것 같"은 길이다. 이 길이 바로 "너에게로 가는 길 한 발자국"이다. 이는 내가 꿈꾸는 세계로 향한 발걸음이며, 새로운 세계, 즉 이상향을 향한 발걸음이기도 하다. 이렇게 내딛는 한 발자국은 "내 심장이 살아" 나는 길이며 "따뜻한 세상을 꿈꾸는 뜨거운 피가/ 너 안에 가득 흘러넘"치는 길이기도 하다. 이 시에서 우리가 눈여겨보아야 할 것은 시인이 닿고자 하는 세계가 어디에 있는지를 발견하는 일이다. 시인이 시를 쓴다는 것은 새로운 세계에 대한 발견이기도 하고, 새로운 세계의 창조이기도 하다. 새로운 세계의 발견이든 새로운 세계의 창조이든 여기에서 우리는 시인이 지향하는 세계를 확실히 인지하게 된다. 기성의 세계, 타성의 세계에서 벗어나 새로운 세계로 한 걸음 나아가는 것이야 말로 시를 쓰는 일

이며 시인의 일이다. 이러한 새로운 세계의 발견이야말로
시인이 갖는 개성이 될 것이며, 시적 한 성취가 될 것이
다.

　　살포시 고개 숙이더라
　　꽃도 질 때를 알면
　　그가 꼿꼿이 꽃 피웠던 건
　　그 스스로의 힘만으로
　　그랬던 것이 아니었음을

　　화사하게 몸 던지더라
　　꽃도 질 때를 알면
　　그가 아릿다이 꽃 피웠던 건
　　그 스스로의 아름다움만으로
　　그랬던 것이 아니었음을

　　새털처럼 마음 비우더라
　　꽃도 질 때를 알면
　　그가 뜨겁게 꽃 피웠던 건
　　그 스스로의 의지만으로
　　그랬던 것이 아니었음을

바람처럼 흙 위를 구르더라

그가 영혼을 품고 꽃 피웠던 건

그 스스로의 기도만으로

그랬던 것이 아니었음을

꽃도 질 때를 알면

-「꽃도 질 때를 알면」(전문)

새로운 세계의 발견은 먼 곳이 아니라 삶의 순간순간 마주치게 되며, 타성과 인습의 세계에서 벗어나는 순간 도처에서 발견하게 된다. 새로운 시의 세계도 마찬가지이다. 늘 일상으로 보아오던 세계도 새로운 깨달음의 트임이 생기는 순간 지금까지와는 전혀 다른 세계로 우리에게 다가오는 것이다.

어쩌면 깨달음의 세계도 숨구멍같이 작은 하나의 틈에서 시작하여 큰 둑이 무너지듯 새로운 열림의 세계로 다가가게 된다. '콜롬버스의 계란'처럼 우리가 깨닫고 난 다음에는 그것이 다시 우리의 일상이 되겠지만 그것을 깨달은 것과 깨닫지 못한 세계는 엄청나다 할 것이다. 꽃이 피고 지는 것은 우리가 늘 보아왔던 세계이지만 이것에 대한 새로운 인식의 둑이 터지는 순간 강둑이 터지듯, 우리는 지금까지는 느끼지 못했던 전혀 다른 큰 깨달음의 세계로 나아가게 되는 것이다.

이때의 눈뜸은 이미 기성의 세계가 아니라 새로운 세계
로 진입하게 되는 순간이다. 꽃도 질 때를 알면 "살포시
고개 숙이"고 "새털처럼 마음 비우"게 되는 것이다. 이러
한 깨달음은 이 번 시집에서 도처에 발견된다.

눈 한번 감은 사이에 이미
땅으로 내려와 누운 낙엽에 새겨진 들숨과 날숨
어제 왔는데 내일 가버리는 가을
숨 쉬는 모두여

가버리고 나서야
그제 사 알게 되는 생명살이

　　　　　－「온다는 것 간다는 것, 기억」 (부분)

제 몸 떨어져 누울 줄 알면서도
봄은 기어이 꽃향기로 오느니

　　　　　－「무심無心」 (부분)

그래, 사람의 앞만 보고선 잘 모르지
뒷모습을 제대로 볼 줄 아는 사람이
슬픔이란 걸 정말 아는 사람이다

　　　　　－「뒷모습을 바라보며」 (부분)

운봉 인월 산내의 중생들 온갖 시름 품어 안고

해탈의 다리 아래 지날 때

나도 나를 실어 보낸다

　　　　　－「실상사에서」 (부분)

　"가버리고 나서야/ 그제 사 알게 되는 생명살이"이나 "제 몸 떨어져 누울 줄 알면서도/ 봄은 기어이 꽃향기로 오"거나 "뒷모습을 제대로 볼 줄 아는 사람이/ 슬픔이란 걸 정말 아는 사람이다"라는 것을 깨닫게 되는 것이 시인이 새로이 눈뜬 세계일 것이다.

　시인은 이 시집의 전반에 걸쳐 보여주는 세계가 이러한 새로운 세계에 대한 눈뜸이다. 이 시집 도처에서 이러한 새로운 세계에 대한 눈뜸을 보여준다는 점에서 우리는 시인이 지향하는 세계가 어디로 향하고 있는지를 감지 할 수 있다.

　남원시 산내면 입석리마을로 열여덟에 시집와

　아니, 그는 신랑 만나는 게 좋아서

　시집을 온 게 아니고 갔다고 말을 이내 애써 고치신다

　지금은 버얼써 가고 없지만

　그 옛날 입석마을 남정네에게 시집간 기억에

그냥 웃음이 헤벌헤벌 하시는 애기보살
　　육십오 년이 흘러 그 세월만 해도 환갑을 넘겼구나
　　입석리 실상사 공양간에 바친 반평생
　　약사전 쇠부처님 창고에 처박혀 계실 때부터 함께 하셨
　　다네

　　어린 시절의 이름을 알려주마 하시고는
　　한껏 입 벌려 파안대소하는 주름살
　　그 옛날 젊은 시절 그리워하며
　　마냥 기뻐하는 금순이 애기공양보살님
　　무릎은 절뚝여도 가는 세월 아쉬워 않는다네

　　금순이 애기보살 없으면
　　실상사 사부대중 입에 풀칠도 못한다네
　　　　　　　　　　　-「공양간 애기보살」(전문)

　시인의 새로운 세계에 대한 눈뜸은 위의 시처럼 순정의
세계에도 닿아있다. "어린 시절의 이름을 알려주마 하시
고는/ 한껏 입 벌려 파안대소하는 주름살"의 실상사 공양
간 금순이 보살에 대한 성찰은 한없이 순정하고 천진무구
하다. "금순이 애기보살 없으면/ 실상사 사부대중 입에 풀
칠도 못한다"며 이 순정의 세계가 온 세계를 감싸 안는

주체임을 깨닫고 있다. 이 순간 깨달음은 바로 무욕無欲의 세계이며, 순수純粹의 세계에 가닿는다. 이러한 순수의 세계가 바로 순수미純粹美의 세계인 것이다.

사실 순수미純粹美는 미학상의 용어이다. 대체로 '미적인 것'을 넓은 의미의 미美라고 할 때, 미적 범주의 하나로서의 좁은 의미의 미를 가리킨다. 여러 아름다움의 미美를 개념만으로는 부족하여 일반적 아름다움과 숭고를 대립시키기 위해 순수미를 주장한다. 순수미는 미적인 것의 특성이 가장 강하게 나타나는 것으로서 이상미理想美와 동일시하는 입장도 있다.

시집 『너에게로 가는 길 한 발자국』에서 시인이 지향하는 세계가 깨달음에 있다면 여기서 한 걸음 더 나아가 이러한 순수미의 세계에까지 가닿고자 하는 것이 그 바람일 것이다. 그러한 바람이 「공양간 애기보살」에 잘 나타나 있다.

마음을 누가 잴 수 있다더냐
마음에 무슨 치수가 있을 수 있겠나
가로세로 길이도 재고, 방 도배하듯
마음을 잰다니
도대체 잴 수 있는 마음을 보기라도 했나

가슴 속 깊이 들어서면 거기도 그윽한 숲이 있고
맑은 호수도 있고, 그 위를 바람이
때론 소리로 때론 소리 없이 때론 섬뜩한 칼질로
헤아릴 수 없는 수많은 직선과
알 길 없는 곡선을 그어대며
정말 알 수 없는 추상의 그림을 그린다

알 듯 모를 듯하며 비워 낸 가슴은
수없는 기호와 상징의 흔적
그리든 지우든 평상심으로 숨 쉴 뿐이네

천 개 호수에 천 개의 달이 비친다 해도
내 가슴의 호수에 뜬 달은 오직 하나
화엄의 장엄함이라니
마음의 도량 그제서야 알아차려도
그때가 가장 빠른 길임을
내 몸 둘레의 사위가 환해지면

　　　　　　　－「곧 화엄華嚴」 (전문)

　시인이 이렇게 걸어가 닿고자 하는 세계가 곧 화엄華嚴
의 세계다. 화엄華嚴이란 온갖 꽃으로 장엄하게 장식한다
는 뜻의 잡화엄식雜華嚴飾에서 나온 말로 대승불교 초기의

주요 경전인 [화엄경華嚴經]에서 비롯되었다.

화엄경은 석가모니가 깨달음을 얻은 직후에 그 깨달음의 내용을 그대로 설법한 경문이다. 정식 이름은 [대방광불화엄경大方廣佛華嚴經]인데 이는 불법佛法이 광대무변廣大無邊하여 모든 중생과 사물을 아우르고 있어서 마치 온갖 꽃으로 장엄하게 장식한 것과 같다는 뜻이다. 곧 화엄은 불법의 광대무변함을 비유적으로 나타내는 표현이며, 온갖 분별과 대립이 극복된 이상적인 불국토佛國土인 연화장세계蓮華藏世界를 나타내는 말이기도 하다.

시인이 걸어가고자 하는 세계는 깨우침을 얻어 순수의 세계에 가 닿아 곧 화엄華嚴의 세계에 이르고자 함을 우리는 여기에서 알 수 있다. 여기 이 시집은 첫걸음이지만 그가 꿈꾸는 세계는 이렇게 넓고 깊다. 한 시인의 삶을 단 한 편의 시로서 모든 것을 대변할 수는 없다. 다만 그가 꿈꾸는 세계에 대한 윤곽만을 나름 짐작할 뿐이다.

오늘의 이 첫걸음이 더 구체적이고 광활한 세계로 나아갈 수 있는 밑그림이 된다면 앞으로 전개될 시인의 시세계가 자못 기대된다 할 수 있겠다. 더욱 용맹정진하여 꼭 화엄華嚴의 세계에 가닿기를 기대해 본다.

■ 수/우/당/시/인/선